ODL-DODL DOLIG

Myrddin ap Dafydd

Lluniau gan José Solís

Argraffiad cyntaf: Medi 2006

Rhif Safonol Rhyngwladol: 1-84527-058-4

Cynllun clawr: Tanwen Haf / Cyngor Llyfrau Cymru

Cyhoeddwyd gan Wasg Carreg Gwalch,
12 Iard yr Orsaf, Llanrwst, Dyffryn Conwy, Cymru LL26 0EH.
Ffôn: 01492 642031
Ffacs: 01492 641502
e-bost: llyfrau@carreg-gwalch.co.uk
lle ar y we: www.carreg-gwalch.co.uk

Argraffwyd yng Ngwlad Belg gan Proost NV.

Mae hi'n Odl-Dodl Dolig yn ein cartre ni,
Tybed beth sy'n digwydd yn eich cartre chi?

3

Mam yn y gegin
yn cymysgu'r pwdin.
"Mae'r gwaith bron ar ben,"
meddai'r llwy bren.
"A fi! A fi!" meddaf i.
"Pwdin Nadolig – dyna ni!"

4

5

Llŷr gyda'r lliwiau
Wrthi'n gwneud ei gardiau.
"Dal wrthi o hyd?"
meddai'r botel glud.
"A fi! A fi!" meddaf i.
"Cardiau Nadolig – dyna ni!"

6

Siân gyda'i seren
Yn addurno'r goeden.
"Bydd hi'n ddel gyda hyn,"
meddai'r dyn tew, gwyn.
"A fi! A fi!" meddaf i.
"Coeden Nadolig – dyna ni!"

Dad gyda brigyn
o aeron celyn.
"Mae canghennau drwy'r tŷ,"
meddai'r simnai ddu.
"A fi! A fi!" meddaf i.
"Celyn Nadolig – dyna ni!"

11

Bocs sgidiau bach llawen
i blant mewn angen.
"Mae'n daith bell dros y tir,"
meddai'r lorri hir.
"A fi! A fi!" meddaf i.
"Anrheg Nadolig – dyna ni!"

12

Rhoi bwyd i'r adar
pan mae rhew ar y ddaear.
"O! dwi'n cael blas!"
meddai'r titw bach glas.
"A fi! A fi!" meddaf i.
"Bwrdd adar Nadolig – dyna ni!"

Mae'r plant yn perfformio,
yn canu a dawnsio,
ac mae'r stabal yn llawn
o actorion da iawn.
"A fi! A fi!" meddaf i.
"Oen bach Nadolig – dyna ni!"

16

Gwyn, fesul pluen,
ar wyneb y gacen.
"Mae hi'n edrych yn well,"
meddai carw'r tir pell.
"A fi! A fi!" meddaf i.
"Cacen Nadolig – dyna ni!"

Rhoi hosan, cyn cysgu,
wrth droed y gwely.
"Wedi'r holl hwyl,
pwy sy'n barod am ŵyl?"
"A fi! A fi!" meddaf i.
"Hosan Nadolig – dyna ni!"

20

Yn y bore dwi'n deffro.
Mae Siôn Corn wedi cofio!
"O, diolch yn fawr!"
ydi'r gân yn awr.
"A fi! A fi!" meddaf i.
"Diwrnod Nadolig – dyma ni!"

22

Roedd hi'n Odl-Dodl Dolig yn ein cartre ni;
Beth oedd yn digwydd yn eich cartre chi?

24